AF471393

ŒUVRES CHOISIES

DE M. LE MARQUIS

DE LA ROCHEFOUCAULD-LIANCOURT

DÉJANIRE

TRAGÉDIE

EN CINQ ACTES ET EN VERS

PAR M. LE MARQUIS

DE LA ROCHEFOUCAULD-LIANCOURT

PARIS

TYPOGRAPHIE MORRIS ET Cie

64, RUE AMELOT, 64

—

1862

DÉJANIRE

TRAGÉDIE IMITÉE DE SOPHOCLE

EN CINQ ACTES ET EN VERS

PERSONNAGES

HERCULE.
DÉJANIRE.
IOLE, fille d'**EURITUS**, Roi d'Æchalie.
TINDARE, Roi de Sparte.
PHILOCTÈTE.
LICHAS, serviteur d'**HERCULE** et de **DÉJANIRE**,
ARCAS, confident de **TINDARE**.
ISMÈNE, confidente de **DÉJANIRE**.
GUERRIERS d'**HERCULE**.
CAPTIFS et **CAPTIVES**.

(La scène est à Trachis, dans le Palais du Roi Ceix.

PARIS — TYPOGRAPHIE MORRIS ET Cᵉ, 64, RUE AMELOT

ACTE PREMIER

SCÈNE PREMIÈRE

DÉJANIRE, ISMÈNE

ISMÈNE

Loin d'Hercule, madame, et loin de votre fils,
Sans doute à votre amour les regrets sont permis.
Mais lorsque, s'empressant à calmer votre peine,
Ceïx vous rend ici les honneurs d'une reine,
Et lorsque dans Trachis, heureuse sous ses lois,
L'asile consacré par le séjour des rois
Vous offre, en vos malheurs, un exil honorable,
Chassez le deuil constant dont l'horreur vous accable;
Et ne nous montrez plus sur un visage en pleurs,
Les traits de la beauté ternis par les douleurs.
Ceïx revient, vainqueur des héros de la Grèce,

Mais pourra-t-il goûter la commune allégresse?
Combien il gémira de voir couler toujours
Ces pleurs dont il aimait à suspendre le cours!

DÉJANIRE

O dieux de mon époux, dieux protecteurs d'Alcide,
Dans mon triste abandon, incertaine et timide,
En silence livrée à mes longues douleurs,
J'implore de vous seuls la fin de mes malheurs.
Mon époux, loin de moi guidé par la victoire,
Fatigue de son nom les échos de la gloire.
Que mon sort serait beau si je suivais ses pas!
Mais c'est en me quittant qu'il cherche les combats,
Loin de voir ses lauriers marquer des jours de fêtes,
Fière de ses exploits, je pleure ses conquêtes.
Seule, je me souviens qu'il combat loin de moi;
Lorsqu'il triomphe, exempt de regrets et d'effroi,
Mon deuil ternit l'éclat de sa brillante gloire,
Mes larmes ont toujours célébré sa victoire.
Et tu veux que je mette un terme à mon chagrin!
Ismène, en ce palais vois quel est mon destin.

Fille d'un roi puissant, c'est en quittant mon père
Que je vins en des lieux où je suis étrangère,

Où je n'ai que les droits de l'hospitalité,
Tandis que ce héros, pour qui j'ai tout quitté,
Tient les sceptres sous lui, fait présent des couronnes,
Est le soutien des rois qui tremblaient sur leurs trônes,
Et m'abandonne ici, seule, au sein des regrets,
Et les yeux fatigués de pleurer ses hauts faits.

Eh! Quel hymen pourtant eut jamais plus de charmes?
Combien dans ma jeunesse éprouvai-je d'alarmes?
Longtemps, craignant le joug d'un lien malheureux,
Du prince Achéloüs je repoussais les vœux.
Hercule se présente et m'offre sa tendresse.
Tout enflammé d'amour, tout brillant de jeunesse,
Et déjà se montrant, dans ses premiers combats,
Le rival des héros dont il suivait les pas,
Qui ne l'aurait aimé? Mais, heureux de me plaire,
A l'hymen qu'il souhaite il veut forcer mon père;
Il cherche Achéloüs, il insulte à ses feux,
Et réclame un combat pour décider entre eux.

Jeune imprudent, mais fort et d'amour et de gloire,
Il sentait son courage annoncer sa victoire.
Achéloüs l'écoute, et sourit du combat;
Lui, puissant souverain d'un vaste et riche État,
Lui, conquérant fameux, qui roulant ses ravages,
A forcé l'univers de souffrir ses outrages,

On ose l'attaquer pour la première fois!
Il vole, fier encor de ses anciens exploits ;
Hercule l'attendait et le combat s'engage;
Comme ils luttent d'amour, de force et de courage!

Achéloüs, surpris de n'être pas vainqueur
Aussitôt que son bras vient ranimer son cœur,
D'abord comme un serpent tournant autour d'Hercule,
Précipite les coups qu'avec art il calcule,
Et tout à coup ressemble au taureau menaçant
Qui rugit, part, accourt et frappe au même instant.
Hercule à sa colère oppose un front tranquille.
Détourne tous les coups, rend la feinte inutile;
Et lorsque Achéloüs, en de vaillants efforts,
A perdu la chaleur de ses premiers transports,
Hercule alors l'attaque, il le cherche, il le presse ;
Il ne menace point, mais il frappe sans cesse;
Son rival étonné résiste en frémissant;
Superbe, il attaquait; mais honteux à présent,
Il se refuse encore à céder la victoire,
Lui, dont aucun combat n'avait flétri la gloire!
Il évite d'abord ; puis il pare, prudent,
Les coups qu'appesantit son agresseur ardent;
Enfin son casque éclate écrasé sur sa tête ;
L'amour a dans ses yeux proclamé sa défaite.
Sachez que notre hymen en fut le noble prix.

Ah! j'ai joui longtemps de ces liens chéris.
Hercule, ambitieux d'une immortelle gloire,
Souvent cherchait au loin une illustre victoire.
Mais depuis notre hymen, l'attente du retour
N'avait jamais deux ans fait gémir mon amour.

ISMÈNE

Ah! croyez que bientôt nous reverrons ces fêtes
Qui marquaient d'un époux les nouvelles conquêtes,
Et qui, par un retour désiré trop longtemps,
Dans le sein du bonheur effaçaient vos tourments.

DÉJANIRE

Un fils adoucissait l'absence de son père,
Me retraçant toujours une image si chère.
Hélas! il me quitta. Ce fils tendre et pieux
Sur le sort de son père interroge les dieux.

ISMÈNE

Et les dieux, exauçant un fils qui les implore,
Vous rendront votre époux.

DÉJANIRE

Mais je suis seule encore.
Je gémis loin d'Hercule, et l'espoir du bonheur
Ne guérit point nos maux quand ils partent du cœur.

SCÈNE II

DÉJANIRE, ISMÈNE, LICHAS

DÉJANIRE

Mais qu'entends-je? Lichas: ah! quel dieu te ramène?
Fidèle messager, viens-tu calmer ma peine,
Ou peut-être annoncer que mon époux n'est plus?

LICHAS

Il respire.

DÉJANIRE

Il respire! et qu'as-tu fait d'Hyllus?
Consulte-t-il l'oracle? Est-ce lui qui décide
Les dieux par sa prière à protéger Alcide?

LICHAS

Lorsqu'à Delphes, Madame, Hyllus fut arrivé,
Il apprit qu'à ses vœux son père est conservé.
Va, Lichas, me dit-il, va consoler ma mère,
Et lui faire espérer le retour de mon père.

DÉJANIRE

Il reviendra bientôt? dieux! Ce sont vos bienfaits.
Ah! conte-moi, Lichas, tous ses derniers succès,
Sa gloire, ses combats et les dangers qu'il brave,
Ses triomphes nouveaux...

LICHAS

On dit qu'il fut esclave.

DÉJANIRE

Esclave, mon époux! Quels nombreux ennemis...

LICHAS

On dit qu'une barbare à ses lois l'a soumis.
Cet illustre guerrier que l'univers redoute

Sous la ruse, Madame, a succombé sans doute;
Un guerrier ne l'a point dompté dans les combats.
Une reine avec art sut désarmer son bras;
C'est un bruit trop certain et qui partout circule.

DÉJANIRE

Oui, je sais que partout on s'entretient d'Hercule.
Mais qu'a-t-il fait encore? Ah! Lichas, autrefois,
Je t'aurais demandé : quels furent ses exploits?

LICHAS

On m'a dit qu'Euritus, armé dans Æchalie,
Défendait contre lui son trône et sa patrie;
Hercule, ajoute-t-on, dès qu'il l'aura puni,
A sa femme, à son fils veut se voir réuni.
Dans le sein du repos, dont le charme l'attire,
Il reviendra goûter le bonheur qu'il désire ;
Sachant comme il combat quand il est offensé,
Je croyais qu'en ces lieux il m'aurait devancé.

DÉJANIRE

Dieux! de ces jours heureux l'espérance flatteuse
Ne serait-elle encor qu'une image trompeuse?

Vais-je obtenir des biens si longtemps attendus?
Hercule et son amour me seront-ils rendus ?
Oui, l'espoir me défend une plainte importune.
Qu'il est doux de sentir décroître l'infortune!
Ah! s'il revient, Lichas, tous mes maux sont finis.
Ensemble, tu le sais, nos cœurs toujours unis
Apprenaient l'un de l'autre à chérir l'existence,
Et mon premier chagrin fut sa première absence.
Près de lui je n'ai plus ni craintes ni douleurs,
Et mon époux jamais n'a vu couler mes pleurs.
Mais,qu'entends-je,Lichas?des guerriers,Philoctète!
O dieux! quel sort heureux sa présence m'apprête?

SCÈNE III

DÉJANIRE, ISMÈNE, LICHAS, PHILOCTÈTE

DÉJANIRE

Mon époux revient-il?

PHILOCTÈTE

Oui, Madame.

DÉJANIRE

O bonheur!
Il arrive! il n'est plus de chagrin dans mon cœur.
Mais je brûle d'apprendre, en mon impatience,
Jusqu'au moindre détail d'une si longue absence.
Philoctète, est-il vrai que le sort irrité
Pût enchaîner un bras si longtemps indompté?
Hercule a-t-il subi cet indigne esclavage?

PHILOCTÈTE

Indigne? non, madame, et jamais son courage
Ne voudra démentir l'histoire de ses fers,
Exemple de malheur qu'il donne à l'univers.

DÉJANIRE

Quel Dieu l'a donc soumis à ce destin?

PHILOCTÈTE

Son père.
Jupiter a voulu que vaincu par la guerre,
Et succombant aussi sous des destins cruels,
Son fils lui-même apprît la constance aux mortels;

Et que longtemps captif, par son courage extrême,
Il immortalisât son esclavage même.

DÉJANIRE

Quel destin tutélaire a fini ses revers ?

PHILOCTÈTE

Les dieux ont ordonné qu'Hercule dans les fers
Achève lentement le cercle d'une année ;
Et dès qu'il se vit libre, à peine une journée,
Il courut plein d'ardeur à de nouveaux combats.
Les peuples de l'Asie, au sein de leurs États,
N'osèrent attaquer sa superbe vaillance ;
L'homme respecte un bras dont il craint la vengeance;
Et partant sans délai pour un climat nouveau,
Nous portâmes nos pas vers ce vaste tombeau,
Où la terre, annonçant un trépas qu'elle donne ,
Pour saisir un mortel se gonfle, tourbillonne,
En nuages s'élève, en flots roule et gémit,
En elle absorbe l'air et le vent qui frémit,
Et pour nous engloutir se levant tout entière,
Loin de nos yeux éteints repousse la lumière.
Là, se voyant enfin forcé de s'arrêter,
Hercule un seul instant a paru méditer.

Soudain il nous assemble, et d'un air plus tranquille:
« Regardez devant vous l'Océan immobile,
» Seul libre, quand la terre est soumise à mes lois,»
Nous dit-il, et nos mains, dociles à sa voix,
Nous forment un appui qui s'affermit sur l'onde,
Et rapproche de nous tous les peuples du monde.
L'Océan autrefois enfermait l'univers,
Mais Hercule essaya de traverser les mers
Sur un antique chêne; une branche agitée
Brava tous les efforts de la vague irritée.
Cet élément terrible, et qui nous étonnait
Semblait porter le joug du dieu qu'il reconnaît.

DÉJANIRE

Et tous, dignes soldats du plus illustre guide,
Vous n'avez pas tremblé ?

PHILOCTÈTE

Tremble-t-on près d'Alcide?

DÉJANIRE

Vers quels bords ce héros vous a-t-il donc conduits ?

PHILOCTÈTE

Vers les bornes du monde où par nos soins construits
Deux simples monuments de la reconnaissance
D'Hercule à nos neveux rediront l'existence.
Nous avons craint qu'un jour son immortalité
Parût trop étonnante à la postérité.

Ces colonnes bientôt sur la terre assurées,
Nous partons ; traversant et d'immenses contrées,
Et de vieux monts blanchis par d'éternels frimas,
Nous arrivons enfin en ces heureux climats.
Tous, contents de revoir notre chère patrie,
Nous y cherchons la paix, doux charme de la vie.
Mais de la Grèce à peine atteignons-nous le bord,
Qu'Euritus, de son fils pleurant toujours la mort,
Nous défend d'approcher de sa riche contrée,
Et veut de ses États nous refuser l'entrée.
Une armée innombrable avance contre nous.
Mais quoique tous vaillants, tous sont morts sous nos coups.
Le monarque imprudent vit moissonner sans cesse
De ses vastes États la plus belle jeunesse,
Et bientôt renverser les arcs de son palais,
Sans daigner seulement solliciter la paix.

Mourant en roi, sans honte il perdit l'existence ;
Et d'Alcide toujours repoussant la clémence,
Il sut à sa défaite attacher un grand cœur;
Nous l'avons vu mourir admiré du vainqueur.
Sa famille détruite, et sa fille enchaînée
Par l'exil de sa mère aux pleurs abandonnée,
Tant de malheurs, Madame, ont flétri les lauriers
Dont les champs d'Æchalie ont couvert nos guerriers.

DÉJANIRE

Mais lorsque la contrée à son joug fut soumise,
Hercule est-il resté dans la ville conquise ?

PHILOCTÈTE

Non, Madame, un seul jour il donna sur ses bords
Le repos aux vainqueurs, la sépulture aux morts.
Dès l'aurore suivante, il a, sous ma conduite,
Des prisonniers nombreux fait diriger l'élite.
Il veut vous présenter l'hommage des combats ;
Et lui-même vers vous il marche sur nos pas.

DÉJANIRE

O vous, à qui je dois cette heureuse nouvelle,
Vous, d'un époux chéri, l'ami le plus fidèle,

Partagez le bonheur que je reçois de vous :
Le bonheur attendu me semble encor plus doux.

SCÈNE IV

LICHAS, PHILOCTÈTE

—

LICHAS

Ah ! seigneur, est-il vrai qu'Hercule ait la faiblesse
D'amener en ces lieux une jeune princesse,
Et qu'elle soit l'objet du plus ardent amour ?
Pour Déjanire alors quel funeste retour ?

PHILOCTÈTE

Je sais que je conduis au milieu des captives,
Qui toutes frappent l'air de leurs clameurs plaintives,
Une fille du roi dont l'âge et la beauté
Se font moins remarquer qu'un silence obstiné;
Son maintien semble fier, et même un peu farouche;
Un sourire jamais n'arrive sur sa bouche.
Quand je veux lui parler du sujet de ses pleurs,
Lorsque je veux calmer ses craintes, ses douleurs,

« Les dieux, me répond-elle, ont soin de l'innocence,
» Je leur ai confié toute mon existence. »
J'ignore si d'Hercule elle excite l'amour,
Il ne m'a point parlé d'elle jusqu'à ce jour.
Mais apprenez des faits dont encor je soupire,
Des erreurs que j'ai dû cacher à Déjanire.
Le devoir que souvent prescrit l'humanité,
C'est de voiler au moins la triste vérité.

Vous avez su, Lichas, que pendant une année,
Hercule, flétrissant sa noble destinée,
Semblait, loin des guerriers, se cacher ignoré;
On crut que des combats jouet déshonoré,
Hercule subissait un honteux esclavage.
Mais un vainqueur jamais n'a dompté son courage,
Jamais un ennemi n'a retardé ses pas;
Ce sont là des malheurs qu'Alcide ne craint pas.
Nous l'avons vu toujours, sur le char de la gloire,
En courant aux combats voler à la victoire,
Et d'exploits en exploits sans cesse transporté,
Précipiter son nom à l'immortalité.

LICHAS

Mais quel dieu vint alors changer sa destinée,
Et fit à ce guerrier oublier une année?

PHILOCTÈTE

L'amour seul. On l'a vu, dans un honteux repos,
Éteindre le génie et l'ardeur du héros.
La reine de Lydie, Omphale, dont les charmes
Des mains des ennemis faisaient tomber les armes,
Elle, dont un empire, et riche et florissant,
Atteste les bienfaits et le règne éclatant,
Elle, en qui l'œil charmé, mais étonné remarque
La beauté d'une reine et l'orgueil d'un monarque,
Vit Hercule lui-même à son char attaché,
S'enorgueillir du joug qu'il avait recherché.
Je l'ai vu, d'une main si longtemps triomphante,
Filer, aux pieds d'Omphale, une laine éclatante,
Et roulant sous ses doigts le fuseau qu'elle suit,
Former le vêtement des peuples qu'il vainquit.
Tous nos guerriers, jadis compagnons de sa gloire,
Disaient, en regrettant l'oubli de la victoire :
« Notre chef est plongé dans un honteux repos;
» Ce n'est plus qu'un mortel, ce n'est plus un héros.»

LICHAS

Ah! si dans des climats étrangers à la Grèce,
Aux yeux d'un autre peuple il montra sa faiblesse,

Et s'il a pour l'amour sacrifié l'honneur,
Le même dieu peut-être enflamme encor son cœur.
Des chagrins vont bientôt naître sous son empire,
Et nous verrons couler les pleurs de Déjanire.

PHILOCTÈTE

Ah! je crains tout pour elle en ce jour malheureux.
Vous, de ses sentiments confident généreux,
Retournez auprès d'elle, et que l'amitié veille
Qu'un langage imprudent ne frappe son oreille.
Retardons son malheur et celui d'un héros.
Je vais, à nos guerriers préparant le repos,
Indiquer l'édifice où, vainqueurs de la terre,
Ils vont suspendre en paix les armes de la guerre!

ACTE DEUXIÈME

SCÈNE PREMIÈRE

IOLE, TINDARE, ARCAS, CAPTIFS ET CAPTIVES, SOLDATS.

—

TINDARE

O dieux! souffrirons-nous longtemps sans nous venger?

IOLE

O dieux! au sein des maux daignez nous protéger!

SCÈNE II

IOLE, TINDARE, ARCAS, DÉJANIRE, CAPTIFS ET SOLDATS.

DÉJANIRE

Guerriers infortunés, malheureuses captives,
Ne frappez plus les airs de vos clameurs plaintives:
Déjanire en ces lieux vous promet son appui,
Et vos justes douleurs vont cesser aujourd'hui.
Je sais que ce n'est pas à l'épouse d'Alcide
A blâmer le héros qu'elle a choisi pour guide;
Il ne m'appartient point d'enchaîner son courroux,
Ni d'arrêter son bras appesanti sur vous.
Mais je puis adoucir l'arrêt le plus sévère,
Lorsqu'au cœur d'un époux s'adresse ma prière,
Et je veux, l'engageant à détacher vos fers,
Devoir à son amour la fin de vos revers.
Hercule généreux, même au sein de la gloire,
Aime que la clémence ait suivi la victoire.

(A Iole.)

Vous, dont le front baissé, dont la noble douleur
Me peignent tous les traits d'un auguste malheur,

Peut-être un sang illustre, au sein de la puissance,
En des jours plus heureux vous donna la naissance?
Daignez me confier vos pénibles chagrins,
Je veux les partager, et déjà je vous plains.

IOLE

J'ai tout perdu : la mort a moissonné mon père,
Un exil éternel est le sort de ma mère.
Épargnez-moi l'horreur de conter mes revers;
Je naquis sur un trône.

DÉJANIRE

Et vos mains sont aux fers!
On n'a pas respecté la dignité des reines!
Soldats, qu'on la délivre à l'instant de ses chaînes!
Soyez certains qu'Hercule, accomplissant nos vœux,
Sans peine approuvera des ordres généreux.

(On lui ôte ses chaînes.)

Mais, bien loin d'irriter votre douleur pénible
Par le triste récit d'un souvenir horrible,
Je saurai, respectant vos malheureux secrets,
Vous offrir des secours plus purs et plus discrets.
Eh! qu'importe à présent quel trône vous vit naître?
Ne me suffit-il pas d'avoir su reconnaître

Sur votre noble front la trace des douleurs?
Les droits des malheureux sont fondés sur nos pleurs.

IOLE

Ah! Madame, il est vrai, ma plaie est éternelle.

DÉJANIRE

Ah! ne le croyez pas. Nous triompherons d'elle.
Déjà nous vous offrons un espoir rassurant :
C'est un fidèle ami qu'on ne perd qu'en mourant.
Ne le sais-je pas bien? Au sein de la tristesse,
Je consumais des jours perdus pour la tendresse.
Mais toujours j'espérais le retour d'un époux ;
Et je sais qu'il revient. Que ces moments sont doux!
Quand le sort met enfin un terme à mes alarmes,
Puis-je lui reprocher qu'il fît couler mes larmes?
Ah! Madame, j'oublie, au sein de mon bonheur,
Que cet époux chéri causa votre douleur.
Et peut-être, en ce jour, ma présence importune
De votre âme irritée augmente l'infortune.

IOLE

Puis-je ne pas aimer ce langage touchant,
Qui semble à mes chagrins répondre en s'attachant,

Et qui cherche à calmer ma pénible existence?
Votre époux est le seul dont je crains la présence.

DÉJANIRE

Connaissez mieux Hercule et jugez mieux son cœur,
Lui qui des malheureux fut toujours le vengeur
Heureux, sacrifiant sa gloire la plus chère,
Dès qu'il peut adoucir les rigueurs de la guerre,
Dès qu'il voit son rival asservi sous ses lois,
Ce héros affligé regrette ses exploits.
Mais je veux être aussi de votre sort chargée;
Contre lui par moi-même aujourd'hui protégée,
Vous le verrez bientôt terminer vos malheurs.
Ah! jusqu'à son retour suspendez vos douleurs,
Vos fers sont détachés, je vous laisse à vous-même.
Viens, Ismène; je veux, cherchant l'époux que j'aime,
Hâter l'heureux instant qui l'amène en mes bras;
Oui, viens, volons ensemble au-devant de ses pas.

SCÈNE III

IOLE, TINDARE, ARCAS, CAPTIFS ET SOLDATS

TINDARE

(A part.)
O sort! veux-tu qu'enfin, même chargé de chaînes,
Tindare espère encor se venger de ses peines!

(A Arcas.)

As-tu vu de quels feux son âme se remplit?
Une seule pensée occupe son esprit,
Un seul nom se répète et se presse en sa bouche!
Un seul vœu la séduit, un seul espoir la touche!
Dieux! quelle est son ardeur en parlant d'un époux?
J'en sais assez déjà pour les diviser tous.
J'écoutais le langage et les vœux d'une épouse;
Arcas, elle aime trop pour n'être pas jalouse,
J'en saurai profiter.

ARCAS

Seigneur, pour vous venger,
Voulez-vous donc encore accroître le danger?
Quand Hercule revient, oubliez votre offense.
A détacher vos fers engagez sa clémence,
Et songez que lui seul peut vous en délivrer.

TINDARE

Moi, prier!

ARCAS

Devez-vous rougir de l'implorer?

TINDARE

Oui, des peuples les voix honteusement priantes

Portent à leur vainqueur leurs plaintes suppliantes;
On ne les voit encor, sous leurs bras impuissants,
Ne soulever leurs fers que pour offrir l'encens.
Je me garderai bien d'imiter leur faiblesse,
Et de souiller mon front d'une telle bassesse.
Roi de Sparte, je tiens du sol où je naquis
L'orgueil des premiers rois, maîtres de mon pays.
L'offense était toujours la source de leur gloire,
L'ardeur de se venger leur donnait la victoire ;
Morts, la haine des fils veillait sur leur cercueil.
Je tiens de ces guerriers la vengeance et l'orgueil.
La fortune jamais ne m'arrache un murmure,
Et jamais je n'ai su pardonner une injure.
Puissé-je, assouvissant ma haine et mon amour,
Me venger et d'Hercule et d'Iole en ce jour?
Je me sens irrité par une double offense,
Je veux rester partout fidèle à ma défense.
Mais cachons avec soin ces dangereux projets.

(A Iole.)

D'un silence aussi long quels sont donc les secrets,
Madame? Oseriez-vous conserver l'espérance?
Hercule, Hercule seul cause votre souffrance,
Vous n'accusez pas même un si cruel vainqueur.

IOLE

O mon père! Voilà l'unique objet, Seigneur,

Qui renferme en lui seul mes secrètes pensées ;
Sur lui seul ma douleur les a toutes fixées.

TINDARE

Je vous parlais d'Hercule.

IOLE

Et ne savez-vous pas
Que j'ai perdu mon père au sein de ses combats?
Croyez-vous que je veuille écouter son hommage?
Mais lorsque je subis un cruel esclavage,
Est-il le seul enfin que je puisse accuser?

TINDARE

Reprochez-moi vos maux, je ne puis m'excuser.
Indigné que trompant mes vœux, ma destinée,
Votre choix refusât Sparte et mon hyménée,
Je courus joindre Hercule; armé contre Euritus,
Il ployait ses drapeaux, je les ai retenus.
Seul j'empêchai la paix, et vos premières larmes
Charmèrent mon amour du succès de mes armes.
Vous le savez, Hercule, infidèle envers moi,
Vous adressa ses vœux, et dès lors sans effroi

J'osai le menacer; plein d'audace et de haine,
J'animai mes guerriers d'une vaillance vaine;
Je fus vaincu. Captifs, on réunit nos fers ;
Nous sommes enchaînés par les mêmes revers.
Mais dès que le vainqueur nous rendra sa présence,
Un exil éloigné punira mon offense,
Lorsque avec lui régnant sur de vastes États,
Seule vous jouissez du fruit de nos combats,
Et de vos maux peut-être effaçant la mémoire,
Il saura quelque jour faire aimer sa victoire!

IOLE

Osez-vous dans mes fers insulter mes malheurs?
Laissez-moi m'enfoncer dans mes sombres douleurs,
Prince, ne troublez plus ce malheureux silence.

TINDARE

Mais si moi-même enfin prenant votre défense,
Je pouvais parvenir à détacher vos fers,
Ne vous ferais-je point oublier vos revers?

IOLE

Ah! daignez compatir à ma douleur amère.
Laissez-moi pleurer seule; épargnez ma misère.

Vous me voyez sans cesse et trembler et frémir;
Quel charme trouvez-vous à m'entendre gémir ?

TINDARE

Madame, Hercule vient.

IOLE

Dieux! dans la solitude,
Allons cacher nos pleurs et notre inquiétude.
Fuyons ces lieux.

SCÈNE IV

IOLE, TINDARE, ARCAS, HERCULE, LICHAS,
CAPTIFS ET SOLDATS

HERCULE

Iole, arrêtez un moment.

IOLE

Ah! Seigneur laissez-nous cacher notre tourment,
Accordez un asile aux malheureux esclaves.

HERCULE

Esclaves, et qui donc? les guerriers les plus braves?
Oui, je les ai vaincus, ils sont mes prisonniers,
Mais tous accoutumés à cueillir des lauriers,
N'apprendront point d'Hercule à soutenir des chaînes.

(A Tindare.)

Prince, je dois pourtant craindre d'injustes haines,
Jusques à leur départ restez en ce palais.

(A Iole.)

Pour les autres au moins je remplis vos souhaits.
Ainsi leur délivrance est due à vous, Madame,
Je me suis plu d'abord à ménager votre âme.

SCÈNE V

IOLE, HERCULE, GUERRIERS

HERCULE

Vous ne formerez point des désirs superflus ;
Vous avez plaint leurs maux, leurs maux n'existent plus.
Ici de l'infortune effaçant la mémoire,
Je veux par votre estime embellir ma victoire.

Mes ordres et mes soins et mon zèle pour vous,
Tout doit rendre vos jours plus calmes et plus doux,

IOLE

Hélas! près de parents dont l'amitié soigneuse
Veillait sur mes destins j'existais trop heureuse.
J'ai connu le bonheur, je le savais goûter,
Je n'ai plus d'autre soin que de le regretter.

HERCULE

Faut-il que chaque jour votre bouche cruelle
Me retrace vos maux, toujours me les rappelle ?
Et portant vos douleurs en de nouveaux climats,
N'oublirez-vous jamais les malheurs des combats ?
Précipitant partout mes courses triomphantes,
L'univers s'est courbé sous mes armes sanglantes;
Et le monde, étonné de mes nombreux exploits,
Croit encor le destin gouverné par mes lois.
Mais est-il un héros, vivant dans la mémoire,
Qui n'ait mouillé de pleurs le char de la victoire ?
L'univers asservi m'admire, et les mortels,
Les bras chargés de fers, m'élèvent des autels.

Mais puisque incessamment on m'admire, on m'honore,
J'ai conquis trop d'honneur pour en chercher encore;
Et je veux, dédaignant les lauriers des héros,
Ne rêver aux combats qu'en goûtant le repos.
J'ignore du destin ce que je dois attendre,
Mais je gémis des pleurs qu'un vainqueur fait répandre;
Je gémis encor plus quand je vois vers les cieux
Les regards du malheur s'échapper de vos yeux.

IOLE

Je ne vous dirai point qu'un doux espoir soulage
Des chagrins qu'en ce jour votre pitié partage,
Mais je sens dans mon cœur qu'en détachant mes fers,
Vous pouvez adoucir mes plus cruels revers.
Ma mère, survivant aux maux de sa famille,
Pour pleurer avec elle a besoin de sa fille.

HERCULE

Ah! sans doute, une mère a bien des droits sur nous;
Mais puis-je donc jamais me séparer de vous?
Voulez-vous, me laissant une stérile gloire,
M'arracher le seul prix que j'aime en ma victoire?
Eh! pour qui donc enfin, en ces derniers combats,
Ai-je, contre Tindare excitant mes soldats,

A ses faibles guerriers fait une guerre indigne?
S'il n'eût point persisté, par une audace insigne,
A porter jusqu'à vous ses désirs superflus,
Sont-ce des ennemis que j'aurais combattus?
Non, Madame. En guidant mes vaillantes armées,
Je les croyais pour vous à la guerre formées;
Je croyais vous défendre en volant aux combats,
Je crus vous acquérir en prenant vos États.
Ne le regrettez point : vous êtes reine encore;
Reine du monde entier, Hercule vous adore.

SCÈNE VI

IOLE, HERCULE, DÉJANIRE, SOLDATS.

DÉJANIRE

Où donc est mon époux?

IOLE

C'est Déjanire, ô dieux!

DÉJANIRE

Hercule! après deux ans tu reviens à mes yeux!
Que j'ai versé de pleurs! Ah! mon cœur les oublie,
Mais lorsque ta valeur, sur la terre asservie,
Dans un si long espace a pressé les exploits,
Aurais-tu regretté la Grèce quelquefois?
Et conservant encor mon image tracée,
Ai-je été quelquefois présente à ta pensée?

HERCULE

Les peuples de l'Asie ont retardé mes pas.
De leurs nombreux guerriers armant les faibles bras,
Dans ma course lointaine ils m'attaquaient sans cesse.
Mais je pensais toujours à mon retour en Grèce;
Que pouvais-je espérer en leurs tristes climats,
Et que pouvais-je encore attendre des combats?

DÉJANIRE

Ainsi, le front couvert des lauriers de la guerre,
Hercule veut donner le repos à la terre,
Et ce guerrier lui-même, au milieu des heureux,
De ce calme nouveau veut jouir avec eux!

Il faut que le bonheur succède à tant de gloire.
Eh! n'a-t-il pas assez illustré sa mémoire?
Ah! seigneur, assurons cet heureux avenir;
Donnons ici la paix, tous en doivent jouir;
Ces femmes, ces guerriers, les fers sont leur partage,
Cette jeune beauté gémit dans l'esclavage.

HERCULE

Cette jeune princesse est la fille des rois;
Qu'elle parle, et que tout obéisse à sa voix.
Que loin de sa patrie elle soit encor reine;
Je le veux, je l'ordonne, et vous pourrez sans peine
Écouter la pitié qu'elle doit espérer,
Et que vous-même ici vous vouliez m'inspirer.

DÉJANIRE

Oui, mon cœur le premier m'avait parlé pour elle.
Ah! Madame, oubliez une guerre cruelle,
Et ne retournez plus en vos lointains climats :
Leur sol atteste encor de funestes combats.

HERCULE

Oui, Madame, restez en ce palais tranquille,
Et nous serons heureux, vous offrant un asile,

De l'embellir pour vous en calmant vos regrets,
Doux plaisir des vainqueurs, charme de leurs succès!
Quel serait le mortel qui voudrait par des larmes,
L'insensible! essayer de ternir tant de charmes?

IOLE.

Vous, seigneur. Est-ce ainsi que vous séchez mes pleurs?
Condamnée en ces lieux à de longues douleurs,
Je me vois arrachée à ma mère exilée,
Et seule en ce palais, puis-je être consolée?
Ah! Madame, obtenez d'un généreux époux
Qu'il me rende à ma mère en m'éloignant de vous.

HERCULE

Eh bien, si l'on ne peut, vous retenir, Madame,
Accomplissez l'espoir qui satisfait votre âme.
Partez. Quittez demain ce séjour odieux,
Puisque en d'autres climats vous appellent vos vœux;
Et puissiez-vous longtemps, au sein de la patrie,
Goûter en paix l'amour d'une mère chérie!
Mais des lauriers cueillis en mon dernier combat
Je dois aux dieux l'hommage, et veux avec éclat,

Pour les remercier de leur longue assistance,
Leur présenter l'encens de la reconnaissance.
Je vais orner l'autel de festons glorieux,
Ce jour est tout entier réservé pour les dieux.

SCÈNE VII

DÉJANIRE

Quel langage! et d'où vient qu'employant la prière,
Il voulait près de lui fixer sa prisonnière?
Des soins tendres pour elle, et pas un mot pour moi!
Quel soupçon m'épouvante et me glace d'effroi?
Il l'aimerait? grands dieux! me rendez-vous Hercule
Pour déchirer mon cœur peut-être trop crédule?
Oui, mon époux sans doute à mes vœux est rendu.
Aucun regard pourtant sur moi n'est descendu;
Ils étaient attachés, fixés sur sa captive;
Ses yeux étincelaient de l'ardeur la plus vive!
Il l'aime; il m'a lui-même indiqué son amour.
Mais j'en veux être sûre, et l'être dès ce jour.
Je cours interroger ses compagnons de gloire;
Je veux savoir quel prix a conquis leur victoire.

Ils découvriront tout à mes soupçons jaloux.
Mais s'ils cachent encor les fautes d'un époux,
J'irai, pour décider mes craintes légitimes,
De ces mêmes combats consulter les victimes,
Ces guerriers du triomphe ornement malheureux.
Je veux savoir enfin où reposer mes vœux ;
Je veux, sans me servir d'une odieuse feinte,
Confirmer mon malheur ou démentir ma crainte.

ACTE TROISIÈME

SCÈNE PREMIÈRE

TINDARE, ARCAS.

TINDARE

Parle : as-tu réuni mes fidèles soldats ?
Les as-tu disposés à de nouveaux combats ?

ARCAS

Oui, seigneur, on les croit marchant vers leur patrie.
Ensemble ils ont suivi la route d'Æchalie ;
Mais bientôt, se cachant à l'ombre des forêts,
Ensemble ils reviendront, au gré de vos souhaits,

Tous armés, s'enfermer dans le saint édifice.
Ils y devanceront l'heure du sacrifice ;
Et tous, prêts aux combats longtemps avant la nuit,
De mon premier signal interprétant le bruit,
Frapperont leur vainqueur devant les dieux eux-même.

TINDARE

Ils frapperont Hercule!

ARCAS

Oui, tous.

TINDARE

O joie extrême!
Allons vers Déjanire.

ARCAS

Et que lui voulez-vous?

TINDARE

Qu'elle apprenne les torts de son perfide époux.

ARCAS

Vous voulez contre Hercule irriter son courage?

TINDARE

Peut-être faudra-t-il que je calme sa rage!

ARCAS

De l'amour le plus tendre il a su l'enflammer.

TINDARE

Oui, son cœur est jaloux, c'est à force d'aimer.

ARCAS

Contre un époux chéri peut-elle être cruelle?

TINDARE

Ah! plus il est aimé, plus il doit craindre d'elle.
Tu ne sais point, Arcas, avec quelle fureur
Un amour offensé s'aigrit au fond du cœur.

Déjà de ces tourments j'ai trop d'expérience,
L'amour dont j'ai souffert est une vive offense;
Je vais sur Déjanire aiguiser tous ses traits.
C'est elle. Laisse-moi.

SCÈNE II

TINDARE, DÉJANIRE

DÉJANIRE, se croyant seule.

Je n'oserai jamais.
Dès que je veux parler du secret qui me touche,
Ma fierté se révolte et me ferme la bouche.
A des yeux étrangers j'aurais honte d'offrir
Des tourments qu'en secret j'aime encor mieux souffrir.
De mon esprit jaloux je blâme la faiblesse,
Je rougis du soupçon, et m'en nourris sans cesse.
Contre ma crainte en vain je voudrais m'affermir,
N'ai-je donc tant d'amour que pour toujours gémir?

(Apercevant Tindare.)

Mais quel est ce captif qui près de moi s'avance?
Qui t'amène en ces lieux? Que veux-tu?

TINDARE

La vengeance.
Je la porte en mon cœur.

DÉJANIRE

Ciel!

TINDARE

J'ai lu dans vos yeux
Qu'attachée au soupçon d'un amour odieux,
Vous cherchez la clarté.

DÉJANIRE

Quel imprudent esclave!....

TINDARE

Non, ce n'est point, Madame, un captif qui vous brave.
Vous devez m'ignorer en cet indigne état,
Le front des rois vaincus ne porte point d'éclat.
C'est un malheureux prince, irrité de ses peines,
Se révoltant toujours sous le poids de ses chaînes,

Qui des combats souvent maîtrisa les hasards,
Mais qui, victime enfin de l'amour et de Mars,
A perdu d'un seul jour son bonheur et sa gloire.
Hercule vous trahit, et vous pouvez m'en croire,
Il enlève à mes vœux l'objet de son ardeur.

DÉJANIRE

Quel est donc votre nom, votre empire, seigneur?

TINDARE

Sparte. Je suis Tindare, à qui la renommée
Dispensa quelques flots de sa vaine fumée,
Avant que par Hercule indignement vaincu,
Mon malheur m'eût appris que j'avais trop vécu.
Dès qu'Iole à mes veux refusa l'hyménée,
Je vis de longs malheurs suivre ma destinée.
J'excitai mes guerriers à punir ses refus;
Je me vengeai d'Iole en perdant Euritus.
J'allai rejoindre Hercule armé contre ce prince;
Ensemble pénétrant sa trop faible province,
Nous vîmes chaque jour ses fidèles guerriers
Tomber avec orgueil sous nos fers meurtriers.
Il a péri lui-même en combattant Alcide,
Et sur son corps sanglant qu'une fille intrépide

Vint au nom des tombeaux disputer au vainqueur,
Hercule osa soudain interroger son cœur.
Soudain je combattis, plein d'ardeur et de rage,
Mais la force d'Hercule a dompté mon courage.
Maintenant nos captifs sont tous loin de ses yeux;
Iole et moi, Madame, on nous garde en ces lieux.
Mais je vais m'éloigner; vous paraissez contrainte;
Dans le premier moment, on rougit d'être plainte.
On n'aime point encore à recevoir des soins,
Et le cœur veut d'abord éclater sans témoins.

SCÈNE III

DÉJANIRE

Ainsi, lorsqu'un soupçon m'agite et m'humilie,
A peine est-il conçu, le ciel le justifie.
Ainsi donc, cet effroi n'était pas une erreur,
Et mon incertitude a fait place à l'horreur.
Cette horreur est trop forte en mon cœur enfermée;
Qu'elle éclate, et les dieux, qui m'ont vu tant aimée,
Sans doute approuveront l'excès de mes chagrins.

Ah! que mon fol amour eut des prestiges vains!

Oui, j'ai cru qu'un héros, soigneux de sa mémoire,
Jamais d'indignes feux ne ternissait sa gloire.
J'ai cru qu'il dédaignait cet orgueil des mortels,
Qui pensent s'illustrer par des vœux criminels.
Mais je n'en puis douter, c'est Iole et Tindare
Que des captifs sauvés son ordre seul sépare;
Il garde ici le prince, et sans doute il le craint;
Il retient sa captive, il l'aime. Il s'est contraint,
Alors qu'en ma présence il cachait sa faiblesse;
L'amour parle : ses yeux m'accusaient sa tendresse.

SCÈNE IV

DÉJANIRE, TINDARE

DÉJANIRE

Ah! prince, ramenez le calme en mes esprits;
Quel est-il, cet amour que vous m'avez appris?
Ne se pourrait-il pas qu'une flamme légère
Le brûlât seulement d'une ardeur passagère?

TINDARE

Je voudrais le penser, mais on l'a vu toujours,
En courant aux combats, annoncer ses amours.

Pour me ravir Iole, il a détruit ma gloire;
De même il a pour vous recherché la victoire,
Et cet Achéloüs, ce guerrier renommé,
L'aurait-il donc vaincu s'il n'avait point aimé?

DÉJANIRE

Oui, je l'ai vu longtemps, plein d'une ardeur extrême,
A force de hauts faits mériter que je l'aime.
C'est ainsi qu'il me plut; il semblait autrefois
A notre seul amour consacrer ses exploits.

TINDARE

Peut-être cette ardeur serait-elle légère
S'il n'était point aimé?

DÉJANIRE

Mais il a su lui plaire.
Êtes-vous sûr, pourtant, de ce tendre retour?
Le meurtrier d'un père inspire-t-il l'amour?

TINDARE

Madame, je l'ignore, et même je redoute
D'oser sur sa jeunesse élever un seul doute.

Je croirais seulement qu'un illustre vainqueur
Peut allumer sans peine une flamme en un cœur,
Et qu'en peignant ses feux un héros les inspire ;
Un héros n'a-t-il pas sa gloire pour séduire?

DÉJANIRE

Oui, des vœux d'un héros on est bientôt charmé;
Puisque Hercule aime Iole, Hercule en est aimé.

TINDARE

Combien de fois, brillant d'une noble tendresse,
On l'a vu ranimer l'amour jusqu'à l'ivresse!
Il s'est enfin lié par un nœud solennel,
L'amour qu'il inspira n'est-il pas éternel ?

DÉJANIRE

Oui, de tels sentiments sont profonds et durables,
Ils ont rendu nos cœurs longtemps inséparables,
Et le mien brûle encor de sa première ardeur,
Lorsqu'il veut, près d'une autre attachant son bonheur,
Infidèle envers moi, lui consacrer sa vie !
Mais ne peut-on briser la chaîne qui les lie?
Qui pourrait désunir ces deux cœurs ?

TINDARE.

Le trépas.

DÉJANIRE

Justes dieux!

TINDARE

La mort seule, et n'en frémissez pas.
Craindriez-vous enfin d'immoler qui vous brave,
Ou de verser le sang d'une coupable esclave?

DÉJANIRE

Moi!

TINDARE

Mon amour m'égare; il aigrit ma douleur;
Demeurons innocents même au sein du malheur.
Ah! déjà j'ai cru voir cette Iole chérie
Embellir par l'hymen les destins de ma vie,
J'ai cru voir son beau front couronné de lauriers
Briller des nobles dons réservés aux guerriers,
Et lui-même avec art les tressant sur sa tête,
Oser à l'univers proclamer sa conquête.

Qui peut le détourner de cet hymen fatal ?
Que ne prépare-t-il le bandeau conjugal
Qui doit, légitimant l'épouse criminelle,
Engager son orgueil à lui rester fidèle ?

DÉJANIRE

Ah! si jamais Hercule à ce point m'oubliait,
Je pourrais par un crime expier son forfait,
Je l'ai vu devant elle, et dès lors j'ai dû craindre
Qu'il brûlât d'une ardeur que rien ne pût éteindre,
Et qui même, croissant par un tendre retour,
De l'amour qu'il inspire augmentât son amour.

TINDARE

Il le faut avouer : je conçois sa faiblesse;
Cette aimable candeur d'une jeune princesse,
Ce front noble, ces yeux qui, tout mouillés de pleurs,
Par des regards si doux expriment les douleurs,
Combien ils sont puissants sur un cœur infidèle!
Je crains tout de ses feux tant qu'il sera près d'elle;
Et tout projet qu'il forme est aussitôt rempli :
S'il a parlé d'hymen, je le crois accompli.

DÉJANIRE

Prince, n'en doutons plus : oui, je suis sa victime;
Dans les bras d'une esclave il respire le crime.
Et je la laisserais jouir de mon affront !
Je verrais mes honneurs avilis sur son front !
Fille des dieux, Iole, et compagne d'Alcide !
Ah! le soin de ma gloire et m'occupe et me guide.
Je vais être bientôt, proscrite loin de lui,
Haïe et repoussée, errante sans appui,
Disputant aux mortels une pitié facile,
Confiant à mes pleurs le soin de mon asile.
Peut-être même au sein de l'avenir trompé,
Une autre paraissant sous un titre usurpé,
Je n'aurai que le rang de maîtresse d'Alcide.
Mon nom sera flétri par cet amour perfide;
Et peut-être mes fils, fils d'Hercule etdes dieux,
Seront partout chassés et partout odieux;
Sacrifiés aux fils d'une esclave étrangère,
On leur refusera jusqu'au nom de leur père!

TINDARE

Madame, Iole vient, cachez-lui vos douleurs.
Accoutumez vos yeux à renfermer leurs pleurs.

De vos cruels chagrins ne laissez rien paraître.
Son orgueil jouirait de les avoir fait naître.

SCÈNE V

DÉJANIRE, IOLE

DÉJANIRE, à part.

Vient-elle m'insulter et vanter ses amours ?

IOLE

Votre pitié, Madame, est mon dernier recours.
J'ose offrir à vos yeux une triste captive,
Arrachée en pleurant à sa natale rive,
Et qui, toujours livrée à sa juste douleur,
Sent croître chaque jour les tourments du malheur.
Vous fûtes la première à plaindre ma souffrance,
Et vous m'avez offert une douce espérance.
J'ai moins senti mes maux quand j'ai vu sur vos traits
Ce regard de pitié, le plus doux des bienfaits.
Mais ce n'est pas pour moi que je défends ma vie ;
Seule, craindrais-je donc qu'elle me fût ravie ?

Ma mère est dans l'exil condamnée à souffrir ;
C'est elle qu'en ses maux je voudrais secourir.
Et peut-être, expirant au sein de la tristesse,
Elle va loin de moi terminer sa vieillesse,
Sans qu'il me soit permis en ces jours odieux,
De remplir le devoir de lui fermer les yeux.
Peut-être un étranger va clore sa paupière,
Et peut-être on verra, pour sa honte dernière,
Ses cendres que les vents porteront jusqu'aux cieux
Accuser votre époux aux pieds même des dieux.

Ah! Madame, déjà nos captives s'éloignent,
Mais que Tindare et moi par vos soins les rejoignent;
Parlez, forcez Hercule à m'éloigner de lui.
Savez-vous quelle fête il prépare aujourd'hui ?
A son ordre absolu fier que tout obéisse,
Il fixe notre hymen après le sacrifice.

DÉJANIRE

Voilà depuis longtemps la fin que je craignais.
En feignant de parler des maux que je plaignais,
Vous osez devant moi prôner votre conquête.
Et pourquoi vous contraindre au sein de cette fête?
Vous voulez me cacher votre amour, mais en vain;
C'est de votre amour seul, qu'il reçoit votre main.

Hercule, à chaque pas renversant un obstacle,
D'un voyage éternel revenait par miracle ;
Sur le sol de la guerre il avait su franchir
La moitié du chemin qu'il devait parcourir ;
Qui l'a donc arrêté? Qui donc, en tant d'absences,
Dans son cœur égaré prépara tant d'offenses?
Vous seule, et vous venez jouir d'un long malheur,
Trop vif pour enfermer encore sa douleur.
Vous venez insulter à ma souffrance extrême;
C'est vous qui m'implorez, et c'est vous qu'Hercule aime!
C'est vous dont les amours sont venus m'accabler,
Vous invoquez mes pleurs, et les faites couler!

IOLE

Hélas! j'espérais plus de ma juste prière,
Et j'avais cru, madame, implorer une mère.

DÉJANIRE

Une mère! O mon fils! si jamais les amours,
Loin de ta mère en pleurs faisaient couler tes jours,
Tu m'avouerais au moins tes fatales tendresses,
Sans user du mensonge à voiler tes faiblesses,
Sans paraître, en aimant, désolé d'être aimé.
Sa feinte insulte encore à mon cœur alarmé.

Elle vient en ces lieux célébrer sa conquête;
Ne parle-t-elle point et d'hymen et de fête?
Tout en elle à ma vue exprime mon affront;
Je le vois dans ses yeux, je le lis sur son front;
Hercule a sur sa bouche imprimé mon outrage,
Et l'orgueil de son crime est peint sur son visage!
Mais qu'entends-je? C'est lui qui vous cherche toujours?

SCÈNE VI

DÉJANIRE, IOLE, HERCULE.

HERCULE

Déjanire!

DÉJANIRE

Moi-même.

IOLE

Implorant ses secours,
J'ai dû, seigneur, offrir tous mes maux à sa vue.
Ma douleur a tout dit.

HERCULE

Et je l'avais prévue.

(A Déjanire.)

Ah ! je plains les chagrins dont gémit votre cœur.

DÉJANIRE

Ah ! ces mêmes tourments que vous plaignez, seigneur,
A de moindres guerriers inspireraient des craintes.
N'ont-ils de votre cœur arraché que des plaintes ?
Mes malheurs sont-ils seuls à vos yeux retracés ?

IOLE

Ah! tous ces maux, seigneur, peuvent être effacés.
Au fond de votre cœur sachez mieux vous connaître.
Quand on fait des heureux, il est aisé de l'être.
Laissez-moi de ma mère adoucir les douleurs,
Permettez que sa fille au moins sèche ses pleurs,
Et consolant alors l'épouse qui vous aime,
Au milieu des heureux, vous le serez vous-même.

HERCULE

Ah! Madame...

DÉJANIRE

On voit bien que je suis dans ces lieux.
Ce langage nouveau vous étonne tous deux.
Laissez vos sentiments s'expliquer sans contrainte;
Que l'amour parle seul. Pourquoi chercher la feinte?
Autrefois tes discours n'étaient pas superflus,
Aujourd'hui tes serments ne m'en imposent plus.
Retrace de l'amour et d'un cœur qui soupire
Tous ces vœux qu'autrefois recevait Déjanire ;
Et peut-être, oubliant qu'elle est auprès de toi,
Je croirai que ta bouche encor s'adresse à moi.
Veux-tu quitter ces lieux ? Pars, et moi, solitaire,
Je vous épargnerai l'aspect de ma misère.
Si j'entendais les vœux que tu vas lui porter,
Je chercherais encore à les lui disputer.
Mais cesse au moins de feindre, et du cœur le plus tendre
Fais-lui tous les serments qu'elle brûle d'entendre.
Va baisser devant elle un front cher aux guerriers.
Avilis à ses pieds les plus nobles lauriers,
Mais crains de m'accabler par un nouvel outrage;
Quand tu n'as plus d'amour, n'en montre pas l'image;
Sache que ma colère est prête à se venger,
Peut-être incessamment oserai-je y songer.

HERCULE

Eh bien! vengez ensemble et vos maux et mes peines,
Mais sachez que le sang qui bouillonne en mes veines
N'enseigne point à feindre un sentiment trompeur,
Ni l'art de remplacer un langage imposteur.
J'aime Iole, il est vrai, je l'aime et j'en fais gloire.
Mais un plus long retard flétrirait ma mémoire,
Je n'en accorde plus, et ce soir, je le veux,
Le nœud le plus sacré nous unira tous deux.

IOLE

Jamais.

DÉJANIRE

Jamais.

HERCULE

En vain on lutte contre Alcide,
Ses projets sont certains dès lors qu'il les décide.

(A Déjanire.) (A Iole.)

Restez près de Ceïx, Madame; et dès demain,
Iole, en vos États je rentre en souverain.
Régnez, que désormais le sort vous soit propice!
Hercule vous attend après le sacrifice.

SCÈNE VII

DÉJANIRE, IOLE

IOLE

Après le sacrifice il m'attend à l'autel!

DÉJANIRE

Il prépare en ce temple un hymen solennel!

IOLE

C'est moi qui serai seule offerte pour victime!

DÉJANIRE

Et c'est moi qu'il choisit pour témoin de son crime!

IOLE

Peut-il bien persister en ce fatal projet?

DÉJANIRE

Ose-t-il devant moi commettre ce forfait?

IOLE

O dieux! dieux! c'est vous seuls qui me restez encore.

DÉJANIRE

O dieu de la vengeance, aujourd'hui je t'implore.
Je m'abandonne à toi, prépare tes serpents.
Consomme cet hymen sous tes crêpes sanglants.
(Elle sort.)

IOLE

Moi, je n'offre à nos dieux que d'impuissantes craintes,
Et ce sont mes soupirs qui me servent de plaintes.

ACTE QUATRIÈME

SCÈNE PREMIÈRE

HERCULE, PHILOCTÈTE

PHILOCTÈTE

Oui, fier de votre nom, je ne vous quitte pas,
Seigneur, c'est l'amitié qui m'attache à vos pas.
Vous repoussez en vain un conseil salutaire,
Vous craignez de m'entendre, et je ne puis me taire.

HERCULE

Ah! Philoctète!

PHILOCTÈTE

Jeune, ardent, audacieux,
Heureux de partager vos exploits glorieux,
J'étais fier de marcher le compagnon d'Alcide.
Vous l'avoûrez pourtant: chef d'un peuple intrépide,
Je pouvais vaincre aussi, non ces faibles guerriers,
Qui ne couvrent jamais leur trépas de lauriers,
Mais ceux qui, dédaignant une indigne retraite,
Savent, même en tombant, illustrer leur défaite ;
Et vous-même, seigneur, honorant mes exploits,
M'eussiez inscrit peut-être au rang des plus grands rois;
Le chef seul a toujours l'honneur de la victoire.
Mais pour mériter plus qu'obtenir la mémoire,
J'ai mieux aimé, courant aux plus nobles combats,
Au lieu d'être un monarque, être un de vos soldats.
Quand je vous consacrai l'ardeur de ma jeunesse,
Je cherchai près de vous la gloire sans faiblesse ;
Aurais-je cru qu'Hercule, un guerrier, fils des dieux,
Ressemblait aux mortels et soupirait comme eux ?

SCÈNE II

HERCULE, PHILOCTÈTE, IOLE

PHILOCTÈTE

Ah! Madame, venez seconder ma prière,
Faites entendre ici la voix de votre mère,
Hercule pourra-t-il résister à vos pleurs?

IOLE

Prince, que n'ai-je fait pour fléchir ses rigueurs?

HERCULE

Vous combattez en vain tous les vœux de mon âme.
Et quel sort, contre moi vous irritant, Madame,
Des regards de la haine arme toujours vos yeux?
Apprenez en ce jour à me connaître mieux.

Tout entier à l'amour dès ma tendre jeunesse,
J'adorai la beauté, je l'adorai sans cesse;

La beauté qui toujours enflamma mes esprits
Fut de tous mes combats et la cause et le prix.
L'amour, toute ma vie, a gouverné mon âme;
Je volais à la guerre excité par sa flamme;
Mais il me conduisit à de nobles combats,
Il m'excita sans cesse à prendre des États,
Et devant à ses feux une gloire bien chère,
Je lui sacrifiais sans honte et sans mystère.
Mais jamais en esclave on ne m'a vu céder,
Je dédaignais de plaire, et savais commander.
Je voulais qu'à mes feux on pût me reconnaître,
J'aimais, mais en vainqueur, et je m'offrais en maître.
Fier d'enchaîner les cœurs sans fléchir à mon tour,
J'ai toujours en guerrier triomphé de l'amour.
Aujourd'hui devant vous j'avoûrai ma faiblesse,
J'aime, mais à vos pieds dois-je prier sans cesse?
Non, non, plus de retard, et plus d'affront nouveau:
Venez du dieu d'hymen accepter le bandeau.

IOLE

Je veux croire, seigneur, à cet amour extrême;
Vous aimez la franchise, et j'en aurai de même.

Dès ma plus tendre enfance, instruite à la vertu,
J'ai suivi ses leçons, sous ses lois j'ai vécu.

Les passions jamais n'ont égaré mon âme,
Et de l'amour encor méconnaissant la flamme,
Aux lois de la raison j'ai toujours asservi
Mon cœur qu'un tendre époux m'eût sans peine ravi.
Les dieux, me préservant d'erreur et de faiblesse,
Au soin de mon devoir m'attachèrent sans cesse.
Nul attrait, loin de lui, ne pourrait m'entraîner,
C'est le lien sacré dont j'aime à m'enchaîner.
Lui seul, en me guidant, ennoblit ma misère ;
Il me semble en ces lieux qu'il remplace mon père.
Ah! craignez d'avilir vos exploits glorieux,
Seigneur; déjà mon deuil a frappé tous les yeux.
Voyez en quel état vous causez ma souffrance;
Captive, sans appui, même sans espérance,
Vous seul pouvez, seigneur, prendre soin de mes jours;
C'est vous qui m'accablez, et je suis sans secours !

SCÈNE III

HERCULE, PHILOCTÈTE, IOLE, TINDARE, ARCAS.

TINDARE

Seigneur, je viens d'apprendre, et ma fierté s'étonne
Qu'un roi dans les fers semble un traître qu'on soupçonne

Captif en ce palais, sans amis, sans soldats,
On ose m'accuser, même d'assassinats.
J'avoûrai que jamais je ne peux me contraindre,
Assez pour vous servir, ni même pour le feindre.
Mais quels sont les soutiens que vous m'avez laissés?
L'effroi même saisit ceux que vous offensez.
Moi seul, j'ai préféré les combats à la honte
De racheter des jours que le vulgaire compte.
Mais à d'obscurs complot, loin de m'humilier,
Seul j'eus l'honneur, au moins, d'oser vous défier.

HERCULE

Oui, prince, on vous accuse et moi je vous délivre.
Mais à tant de soupçons si vous voulez survivre,
Que l'aurore en ces lieux ne vous retrouve pas.

TINDARE

Vers mes États, seigneur, je vais porter mes pas.
Ainsi tous nos captifs ont vu briser leurs chaînes!
Ce jour d'Iole même a terminé les peines;
Maîtrisant un amour qui n'est point partagé,
Vous rendez le repos à son cœur affligé;
Pour calmer la fureur d'une épouse alarmée,
Vous lui sacrifiez une princesse aimée;

Tous vos soldats, seigneur, espèrent retrouver
Le héros dont l'amour a semblé les priver.

PHILOCTÈTE

Nos guerriers? Non, seigneur, ils n'ont rien fait entendre;
Tant que leur chef se tait, ils ne savent qu'attendre.

TINDARE

Prince, vous m'étonnez, déjà tous vos soldats
Disent que du héros dont vous suivez les pas,
Connaissant tout l'amour qu'il a de sa mémoire,
Vous leur avez promis le retour à la gloire.
Vous pouvez sur ce bruit consulter vos guerriers,
Vos amis les plus chers l'annoncent les premiers,
Tous en ont avec joie accepté l'assurance.
Quelques-uns plus hardis ont eu la confiance
D'affirmer que d'Hercule ils fuiraient les combats,
S'il osait accomplir, aux yeux de ses soldats,
La pompe de l'hymen que ces lieux leur retracent.

HERCULE

Eh bien, ils me verront ces traîtres qui menacent.
Je veux à cet hymen que je vais célébrer
Leur montrer mon épouse et la faire adorer.

IOLE

Votre épouse, seigneur?

HERCULE

Oui, Madame, l'armée
Va tomber à vos pieds sous mes lois comprimée.
Oui, venez recevoir sur de nouveaux autels
Les serments des soldats et l'encens des mortels.
N'alléguez plus, Iole, un regret trop sévère ;
J'ai pour vous tout l'amour d'un époux et d'un père.

IOLE

Ah ! seigneur, par ce père errant au bord du Styx,
Par ce regard des morts qui, fixé sur leurs fils
De tous leurs sentiments est le juge terrible,
Pensez que cet hymen me doit sembler horrible.
Au souvenir d'un père attachant ma douleur,
Sa voix, sa voix toujours rappelle mon malheur.
Toujours vous me verriez, sachez mieux me connaître,
Votre épouse, pleurer du désespoir de l'être,
Et ne me présenter que les pleurs dans les yeux,
Seul tribut qu'à l'autel je puisse offrir aux dieux.

HERCULE

Ah! je connais enfin quel sentiment vous touche ;
Sans cesse avec la plainte il sort de votre bouche.
Dans votre horreur pour moi j'ai lu votre secret.
Des maux de vos parents ce n'est point le regret ;
Vous ne plaignez pas tant leur disgrâce funeste ;
Et c'est moi, c'est moi seul que votre cœur déteste.
Par eux doublant mes maux dont je vous vois jouir,
Vous ne les regrettez que pour mieux me haïr.

IOLE

Non, seigneur, non, mon cœur ne nourrit point de haine
Mais je sais noblement me rappeler mes peines.
Seigneur, j'ai vu mon père, à vos pieds abattu,
Perdre une vie illustre et chère à la vertu,
Que m'importe à présent votre rigueur extrême?
Quand mon père n'est plus, que craindrai-je moi-même?
Dans mon palais conquis, et dès le premier jour,
Vous m'avez sur sa tombe exprimé votre amour.
Je crus de son cercueil voir cette ombre attentive
Se lever devant nous, ouïr ma voix plaintive,
Observer mes regards, compter tous mes accents,
Debout sur son tombeau juger mes sentiments !

Ce souvenir cruel m'attachant tout entière,
Fixe entre vous et moi son horrible barrière.
Je vois tous mes chagrins placés entre nous deux;
Nous ne sommes, seigneur, séparés que par eux.

HERCULE

Ah! vous n'obtiendrez rien de tous ces artifices ;
Tous les retardements sont pour moi des supplices.
Le temple est prêt, madame, et bientôt en ces lieux
Nos nœuds seront formés en présence des dieux.

SCÈNE IV

IOLE, TINDARE

IOLE

Prince, quel changement cause votre présence!
Déjà nous espérions une heureuse clémence.
Les accents du malheur et ceux de l'amitié
Semblaient au cœur d'Hercule inspirer la pitié.

TINDARE

Je la craignais, Madame.

IOLE

O dieux!

TINDARE

Ma haine extrême
Vous ravit le bonheur que vous m'ôtez vous-même.
Je ne vous peindrai point mes tourments chaque jour
Et je sais mieux venger qu'exprimer mon amour.
Vous voyez ma puissance à vos yeux confirmée ;
Pour répandre mes bruits j'ai des voix dans l'armée.
Hercule est entouré d'amis zélés, prudents.
Tous lui sont dévoués, tous sont mes instruments.
Leurs sincères conseils le guidant à sa perte,
Ils meuvent les ressorts de ma haine couverte.
C'est moi qui par leur bouche ai voulu m'accuser,
C'est moi qui veux qu'Hercule ose vous épouser.

IOLE.

Eh bien, qu'espérez-vous si ma main enchaînée
A ces nœuds abhorrés livrait ma destinée ?

TINDARE

Au moins vous n'irez pas, heureuse loin de nous,
Oublier les tourments que j'ai soufferts pour vous,
Et bénissant le jour de ma honte guerrière,
Dans le sein du bonheur finir votre carrière.
Peut-être je pourrais vaincre ce conquérant,
Quoiqu'il soit un héros et si fier et si grand,
Dont les dieux, comme à vous, ont limité la vie.
J'ai contre lui la haine, et la rage, et l'envie,
Et l'amour qui, blessé, ne pardonne jamais.
Mais si le sort enfin l'enlève à tous ces traits,
Je réglerai le cours de votre destinée,
Et vous serez longtemps au malheur condamnée.
Les dieux qui veilleront incessamment sur vous
Sont ceux que les enfers vomissent contre nous;
Ce sont ceux qui déjà, vous consacrant ma vie,
Unissant les serpents de la haine et l'envie,
A d'éternels tourments ont dévoué nos jours,
Moi, n'étant point aimé; vous, en l'étant toujours!
Ces dieux seront les miens, mais sans honte et sans crime;
J'ai trop souffert pour vous; ma haine est légitime.
Irrité d'un refus reproduit chaque jour,
La rage me dévore encor plus que l'amour.

IOLE

Dieux!

TINDARE

Déjanire vient, évitez ses vengeances;
J'ai contre vous, madame, excité ses souffrances;
Vous chercheriez en vain à me désavouer.

IOLE

A quel sort, voulez-vous, ô dieux! me dévouer?

SCÈNE V

TINDARE, ARCAS, DÉJANIRE

TINDARE à Arcas.

Regarde Déjanire. Observe son visage;
Ah! j'y démêle enfin et l'audace et la rage.

Je vois sur son front pâle un sombre désespoir,
Et ce sont des fureurs qu'elle doit concevoir.
Tous ses projets, Arcas, doivent être sinistres ;
De son esprit cruel nous serons les ministres,
Et sans peine acceptant des présages si vrais,
Je vois la mort d'Hercule écrite sur ses traits.

SCÈNE VI

TINDARE, ARCAS, DÉJANIRE, PHILOCTÈTE, LICHAS

PHILOCTÈTE

Hercule dans une heure au temple va se rendre,
Madame, à l'autel même il ose vous attendre ;
Il espère qu'offrant un sacrifice aux dieux
Pour les remercier de ses faits glorieux,
Vous viendrez, modérant une douleur trop juste,
De son épouse encor tenir le rang auguste.

DÉJANIRE

Moi, prince, son épouse?

TINDARE

On dit même qu'il doit
De sa vie en ce jour rappeler chaque exploit,
Depuis Achéloüs jusqu'au roi d'Æchalie.

PHILOCTÈTE

Pour rendre grâce aux dieux qui l'ont tant ennoblie,
Il leur en fait hommage, et veut leur retracer
Un roi mort dans le sang, qu'il aimait à verser,
Antée entre ses bras privé de la lumière,
Diomède en lambeaux traîné sur la poussière,
Et dans sa vie enfin vous pouvez observer,
Prince, que Nessus meurt dès qu'il l'ose braver.

DÉJANIRE

Nessus ! ô dieux !

PHILOCTÈTE

Tels sont enfin ses vœux, Madame.

DÉJANIRE

Il suffit.

SCÈNE VII

TINDARE, ARCAS, DÉJANIRE, LICHAS.

DÉJANIRE, à part.

Quel espoir vient consoler mon âme ?
Dieux! le sort contre moi n'a-t-il plus de courroux?

TINDARE à Arcas.

Vois-tu ce changement ? O ciel!

DÉJANIRE

Écoutez tous.
J'ai formé mon projet, je vais vous en instruire.
Quel heureux souvenir, quel bonheur me l'inspire?
Lichas, tu dois offrir le vêtement sacré,
Tu peux rendre le calme à mon cœur déchiré.

LICHAS

Ah! puissé-je adoucir votre douleur cruelle,
Et finir des malheurs...

DÉJANIRE

Je compte sur ton zèle.
Écoutez. Près du temple, au sein d'un bois épais
Que les rayons du jour ne pénètrent jamais,
Bois aux dieux consacré, j'ai déposé sous terre,
Hélas! le seul appui qui reste à ma misère.
Le sang d'un monstre affreux,vaincu par mon époux,
Doit des dieux menaçants désarmer le courroux.

TINDARE

Et quel monstre?

DÉJANIRE

Nessus. Sachez quel fut son crime.
Rendons grâce au destin qui l'a pris pour victime.
Vous savez que les dieux, gardiens des voyageurs,
Quand l'Évène élevait ses flots fiers et vengeurs,

De Nessus recourbé hors de l'onde rapide,
Formaient un appui sûr à l'étranger timide.
Soudain il se plongeait dans le fleuve glacé,
Et réchauffait les sens de l'homme menacé.
D'un bras il repoussait la colère de l'onde,
Soit au soleil dardant, soit dans la nuit profonde ;
Ne calculant jamais les saisons ni les jours,
C'est à tous les mortels qu'il prêtait ses secours.
Tous admiraient sa force autant que sa science,
Et rien n'étonnait plus sa longue expérience.
Bravant l'onde irritée et les flots furieux,
Nessus semblait toujours soutenu par les dieux.

Un jour, l'esprit content, l'âme heureuse et tranquille,
De mes parents chéris j'avais quitté l'asile,
Et je m'éloignais d'eux pour la première fois.
Cependant, les sanglots n'altéraient pas ma voix ;
Je partais sans regret, mon âme était charmée ;
J'étais heureuse enfin, puisque j'étais aimée.
Hercule m'adorait, il était mon appui,
Je le suivais partout et ne pensais qu'à lui.

Nous descendions les monts qui couronnent l'Évène.
Ce fleuve, engloutissant son rivage et la plaine,
Retraçait l'Océan à notre œil étonné.
Hercule alors s'arrête, interdit, consterné.

Nessus nous voit, accourt et s'offre pour mon guide;
Nous l'acceptons, il part et m'éloigne d'Alcide.
Mais déjà sur la terre il était soutenu,
Qu'Hercule était à peine à moitié parvenu.
Et quel fut son courroux, le voyant sur la rive,
S'éloigner encor plus de sa marche tardive!
Il crie, appelle, hélas! ses soins sont superflus,
L'onde qu'il combattait ne nous arrêtait plus.
Nessus espérait bien, par sa course légère,
Lui ravir son épouse et braver sa colère.
Insensible à mes cris, qui ne le troublent pas,
Il fuit, et plein d'espoir, précipitant ses pas,
Au milieu de mes pleurs, ma voix trop inégale,
Appelant mon époux, se perd dans l'intervalle;
Mes efforts étaient vains et mes vœux superflus,
Je l'appelais encore et ne le voyais plus.
Jupiter, je t'adore : ah! seul tu m'as sauvée.
C'est toi seul qui, pour rendre une épouse enlevée
Aux regards d'un guerrier dans l'onde chancelant,
Rendis du dieu du jour le regard plus brillant.
Il semble que le dieu d'un rayon de lumière
Traçât la route au trait lancé dans la carrière.

En effet, dès qu'Hercule a pu sentir placé
Sur la rive qu'il cherche un pied débarrassé,
Il regarde, et soudain une flèche lancée

Est dans les flancs du traître avec force enfoncée.
Il tombe ensanglanté, mais il veut en mourant
Me donner avec zèle un conseil rassurant :
« Je t'aimais, » me dit-il, « et prends soin de ta vie;
» Viens recueillir mon sang : si ton époux t'oublie,
» Verse-le sur sa tête, il lui rendra soudain
» Les premiers soins d'amour, les premiers feux d'hymen;
» Et j'ai reçu des dieux ce don qu'Hercule ignore. »
J'ai recueilli ce sang, je le conserve encore.

(A Lichas.) (A Tindare.)

Lichas, préparons tout. Ah! prince, quel bonheur
Si l'amour calme enfin ma trop longue douleur,
Et si, de mon époux partageant la faiblesse,
Je vois encor les vœux répondre à ma tendresse!

TINDARE

Oui, madame, un succès que les dieux ont promis
Doit consoler nos cœurs dans l'espoir affermis.
Oui, répandez ce sang, il nous sera propice.

DÉJANIRE

Ainsi donc sans effroi j'attends le sacrifice.

6

ACTE CINQUIÈME

SCÈNE PREMIÈRE

IOLE, TINDARE

IOLE

Ah! prince, quel espoir nous ramène aux autels?
Les dieux cesseront-ils de nous être cruels?

TINDARE

Madame, vous savez que la Grèce idolâtre
Ne veut qu'à Sparte seule et penser et combattre.
Le prêtre, au nom des dieux pratiquant les bienfaits,
Ne force point de croire à des dogmes secrets;

Jamais contre nos rois il n'arme des miracles,
Et ne commande point à l'abri des oracles.
Lorsque Déjanire ose agir au nom des dieux,
Elle trouve à Trachis des ministres pieux.
Philoctète eût lui-même aidé le sacrifice;
Elle n'eût pas séduit à Sparte un seul complice.

IOLE.

Dieux! quel est donc ce sang! est-il empoisonné?
Votre calme s'explique à mon œil étonné.
Vous, de tous mes parents le destructeur farouche,
La joie est sur vos traits, les ris sur votre bouche,
C'est m'annoncer encor de nouvelles douleurs.

TINDARE

Connaissez vos destins : je vous aime; vos pleurs
Attestent les succès de ma flamme outragée;
Mais enfin sur Hercule elle sera vengée.
Déjanire ignorant qu'elle ourdit des forfaits,
Le couvre du poison dont il trempait ses traits.
Nessus, avec audace heureux dans son offense,
Par delà les tombeaux accomplit sa vengeance,
Et de son sang versé couvrant son meurtrier,
Dévoré du poison, le lui rend tout entier.

Déjanire jalouse, aisément fut déçue,
Et le seul nom des dieux cache tout à sa vue.
Je m'unis avec soin à cet espoir trompeur,
Pour immoler enfin mon superbe vainqueur;
Si la gloire est moins belle, elle en est plus certaine.
Rien ne peut empêcher ma victoire prochaine,
Et vous serez le prix de mes nobles succès.
Vous me suivrez, madame, et vaincrez vos regrets;
Plus vos beaux yeux en pleurs marqueraient de souffrance,
Plus je m'applaudirais, heureux de ma vengeance.

IOLE.

Ne croyez point, seigneur, que les dieux indulgents
Laissent tant de forfaits impunis plus longtemps;
Leur clémence lassée a préparé la peine.
Ah! plus elle est tardive, et plus elle est certaine.
Bravez les dieux, fuyez la paix et le repos,
Méditez un long crime, ourdissez des complots;
Armez-vous, contre Hercule excitez vos complices,
Et dévouez mes jours à d'éternels supplices,
Les dieux veillent sur vous, les dieux vont vous punir.

TINDARE.

Que je meure vengé, moi, je vais les bénir.
Ai-je donc prétendu n'être point leur victime?

Je veux le châtiment, puisque je veux le crime.
Je ne crains rien, les dieux m'exaucent à présent;
Hercule a revêtu le fatal vêtement.
Oui, je le vois; de loin à mes yeux se présente
Sur Hercule expirant l'Euménide sanglante,
Qui le tient entouré de ses nombreux serpents,
Et le fait vivre encor pour l'immoler longtemps.
J'entends ses cris de mort, et leur charme m'attire:
O dieux! c'est la vengeance enfin que je respire.

SCÈNE II

IOLE.

Ah! grands dieux! quelle rage! et quels cruels amours!
Je remets au Destin tout le soin de mes jours;
Résignée à mon sort, que le ciel en décide.

SCÈNE III

IOLE, DÉJANIRE.

DÉJANIRE.

Iole! ah! savez-vous ce que devient Alcide?

IOLE.

Non, Madame, moi seule au sein de la douleur,
Je venais près du temple attendre avec terreur.
Mais ce n'est pas en vain que l'innocence implore,
La victime à l'autel n'est pas offerte encore,
Un dieu semble arrêter la marche des destins.
Ah! laissez-moi du moins consoler vos chagrins,
Madame, et partager votre sollicitude.
Le sort vous a donné la même inquiétude;
Nos malheurs sont communs. S'il se peut en ce jour
Que votre époux revienne à son premier amour,
Vous cessez de gémir, moi d'être prisonnière,
Et de votre bonheur je jouis la première,
Mon cœur répond au vôtre, et tous les malheureux
Devraient aux dieux ensemble offrir leurs tristes vœux.

DÉJANIRE.

Quel discours! à quel soin votre bonté s'adonne!
C'est vous qui me restez lorsque tout m'abandonne!
Pardonnez à l'amour qui me vint enflammer,
Je croyais mon époux habile à tout charmer.
Instruite de ses feux, pouvais-je être paisible?
Je l'avais trop aimé pour vous croire insensible.

Mais calmez le chagrin qui nous accablait tous;
Les dieux à mon amour vont rendre mon époux;
J'en crois leur nom sorti d'une bouche mourante,
Et leur secours jamais ne dément notre attente.

IOLE, à part.

Je vois sur cet espoir son cœur se reposer;
Ah! qu'il serait cruel de la désabuser!

DÉJANIRE.

Cependant, j'ai frémi. Sur la poudre légère,
Un peu de sang tombé semblait brûler la terre.
Bientôt même ce sang qu'ont respecté mes mains,
L'humecte, la pénètre, et de feux incertains
Forme un brasier profond qui s'étendant encore,
L'embrase et lentement la brûle et la dévore.
Et peut-être ce sang est déjà répandu!
O dieux! sur l'avenir quel voile est étendu!
Mon cœur, se nourrissant du plus horrible doute,
Se fait des maux réels de tous ceux qu'il redoute.
Il attend, il espère, et tremble tour à tour.
Mais nos dieux protecteurs rassurent mon amour;
J'en crois plus leur bonté qu'une crainte pénible
Qui pénètre toujours dans un cœur trop sensible;

Et lorsque dès longtemps il n'a point de repos,
Plus le bonheur approche, et plus il craint les maux.

IOLE.

Ah! si de nos destins j'ai quelque inquiétude,
C'est que chacun ici nous laisse en solitude.
Hercule devrait être à vos vœux ramené.
Du plus fatal hymen lorsque l'heure a sonné,
Lorsque cette heure comble ou finit nos misères,
A ces événements nous croit-on étrangères?
Et croit-on que nos cœurs ne comptent pas tous deux
Les courts degrés du temps, si longs aux malheureux?

DÉJANIRE

Ah! vous pourriez, fidèle au vœu qui nous rassemble,
Raffermir mon espoir et votre cœur qui tremble.
Demandez par quels soins Hercule est retenu,
Dites à mon amour ce qu'il est devenu.

SCÈNE IV

—

DÉJANIRE.

Mais quelle est mon erreur? Dois-je encore me plaindre?
S'il tarde dans le temple, eh! qu'en pourrais-je craindre?

Les dieux n'ont pas voulu qu'un amour, même heureux,
Aux pieds de leurs autels rallumât tous ses feux.
Peut-être, préparant l'union criminelle,
Il viendra demander une épouse nouvelle,
Et les dieux, tout à coup détruisant son erreur,
De son premier amour rallumeront l'ardeur.
Oui, je suis rassurée, et je me crois tranquille;
L'âme des malheureux à l'espoir est facile.
Il me semble déjà que mes maux me sont chers,
Que c'est pour mieux jouir que je les ai soufferts.
Je perdais mon époux, les dieux vont me le rendre;
Je goûte le bonheur que j'avais droit d'attendre.
Hercule de ma vie embellissant le cours,
Je vais recommencer les plus beaux de mes jours.
Mais qui vient?... Cette marche aussi précipitée...
Philoctète !...

SCÈNE V

DÉJANIRE, PHILOCTÈTE

PHILOCTÈTE

Fuyez, fuyez épouvantée!
Le sang coule, les dieux ont frappé votre époux,
Et pour l'assassiner se sont servis de vous.

DÉJANIRE

Dieux!... Hercule!...

PHILOCTÈTE

Entouré de ses guerriers fidèles,
Et couvrant les autels d'offrandes solennelles,
Il offrait à son père un hommage pieux.
Les prêtres, élevant leurs hymnes vers les cieux,
Avaient d'accents sacrés rempli le sanctuaire,
Nous, en chœur, répétant l'hommage tutélaire,
Mêlions aux chants pieux les chants de nos guerriers.
Qu'il était beau, ce jour, où, chargé de lauriers,
Hercule, lorsque encor la gloire le seconde,
Ne demande à nos dieux que le repos du monde!
Hélas! les dieux cruels n'avaient-ils pas permis
Que ce manteau fatal lui fût déjà remis!
Il avait revêtu cette pourpre éclatante
Digne encore d'orner cette pompe brillante,
Et qu'en ces heureux temps d'espérance et d'amour
Vos mains avaient tissue exprès pour son retour.
Le pontife à l'autel amenait la victime,
Soudain... O sort cruel! épouvantable crime!
Hercule en tout son corps éprouve une chaleur,
Un feu dont chaque instant accroît encor l'ardeur.

Cet invisible feu s'allume en son haleine,
Bouillonne sur son front et roule en chaque veine;
Le couvre tout entier d'une ardente sueur,
Et circule en son sang jusqu'au fond de son cœur.
Il tente d'arracher la toile empoisonnée
Et déchire sa chair de poison imprégnée.
Le vêtement fatal, loin de l'abandonner,
L'embrasse tout entier pour mieux l'assassiner.
Ah! Nessus dans la tombe a vengé son offense;
Nessus mort accomplit sa terrible vengeance,
Vous léguant en mourant des poisons destructeurs,
Il nous enveloppa de toutes ses fureurs.
Mais plus Hercule éprouve une vive souffrance,
Et plus il craint encore d'expirer sans vengeance!
La rage est dans son cœur, elle éclate en ses yeux,
Ses traits sont enflammés, ses regards furieux.
Tout à coup j'aperçois s'élancer sur Alcide
Tindare et ses guerriers que la vengeance guide;
Hercule empoisonné ne nous appelle pas,
Il s'attache à Tindare et l'enchaîne en ses bras;
Il veut lui faire part du tourment qui l'embrase,
Et sous son propre poids il l'accable, il l'écrase.
Nous avons immolé le reste des guerriers.
Mais ce n'est pas assez de ces vils meurtriers
Pour expier sa mort et venger un tel crime,
« Il a besoin, » dit-il, « d'une illustre victime. »

Ah! Madame, il vous cherche; allez loin de ces lieux!
Craignez plus votre époux que le courroux des dieux.
Je tremble seulement que la terre timide
N'ait point d'asile ouvert au meurtrier d'Alcide.
Puisse un dieu vous conduire en de lointains climats,
Si le remords vengeur ne vous y poursuit pas!

(Il rentre dans le palais.)

SCÈNE VI

DÉJANIRE, HERCULE, sortant du temple.

HERCULE

Déjanire!

DÉJANIRE

C'est lui!

HERCULE

Jour sacré de vengeance!
O dieux! vous m'exaucez, elle est en ma puissance;

Et ma rage et mes vœux ne sont point superflus;
Je vais venger ma mort, ah! je ne me plains plus!

DÉJANIRE

Viens, frappe.

HERCULE

Oui, tu mourras.

DÉJANIRE

Que crains-tu?

HERCULE

Qui m'arrête?

DÉJANIRE

Venge-toi.

HERCULE

Tu le veux?

DÉJANIRE

Oui, la victime est prête.
Frappe ton meurtrier...

HERCULE

Qui?

DÉJANIRE

Moi.

HERCULE

Toi! le trépas...
Mon bras contre elle encor ne se soulève pas?
Il semble que je veuille expirer sans vengeance!
Tremble : tu vas périr.

DÉJANIRE

Et je crains ta clémence.

HERCULE

Tu mérites...

DÉJANIRE

La mort.

HERCULE

Ne m'as-tu point frappé ?

DÉJANIRE

Oui, le fil de tes jours, c'est moi qui l'ai coupé.

HERCULE

Et je respecte encor celle qui m'assassine !
Frappons... Hercule! Ah ! crains la justice divine.
Mais dis : dans les fureurs de ton cœur irrité,
Par quel motif ton bras s'est-il ensanglanté ?

DÉJANIRE

Frappe, te dis-je, frappe, et si je suis victime,
C'est de mon seul forfait, c'est de mon propre crime.
Mais ne rallume pas dans ce cœur déchiré
Les feux ardents d'amour dont il est dévoré.
Tremble : ce qui s'attache à ces feux qu'il allume,
Il l'embrase aussitôt, le brûle et le consume.
Ah ! ne t'en prends qu'à moi, n'accuse point le sort,
C'est moi qui t'ai couvert du poison de la mort.

HERCULE

Mais dans les noirs transports de ton âme coupable,
Ne connaissais-tu pas cet oracle exécrable
Qui m'annonçait la mort sous des traits effrayants?
« Hercule, » avait-il dit, « ne crains rien des vivants,
» Un mort de ton trépas inventera le crime,
» Et tu dois expirer frappé par ta victime. »
Dis : le connaissais-tu?

DÉJANIRE

La mort est dans ton sein,
Et tu cherches mon crime! Ah! vois ton assassin.
Sens mon cœur battre encor lorsque ta voix expire;
Jadis à son amour tu connus Déjanire,
Maintenant, ce poison, je l'ai versé sur toi :
Eh bien, à mes fureurs encor reconnais-moi.

HERCULE

Oui, je connais ton crime, et ta fureur jalouse,
Mais je respecte encore une coupable épouse;
Une épouse toujours est un être sacré.

DÉJANIRE

Tu ne dois voir en moi qu'un cœur dénaturé.
Est-il donc un lien qui permette des crimes?
En est-il qui nous puisse unir à nos victimes?
J'ai rompu tous les nœuds qui m'attachaient à toi;
Mon forfait, c'est ta mort; ton assassin, c'est moi;
C'est à moi que tes fils demanderont leur père!

HERCULE

Et je t'immolerais? Ils n'ont plus qu'une mère!

(Il s'appuie sur une des rampes du palais.)

DÉJANIRE

Jupiter! cette main a versé le poison.
Le plus grand des héros meurt par ma trahison!
C'est moi qui, terminant sa brillante existence,
D'un indigne centaure accomplis la vengeance.
Nessus, pour l'immoler, employa ma fureur;
Comme il me jugea bien! Comme il connut mon cœur!
Dieux! ne permettez point que l'auteur de ce crime
Recueille impunément cette illustre victime,
Et qu'Hercule aux enfers joigne son assassin,
Fier des poisons secrets confiés à ma main.

Brisez, brisez au moins l'instrument du coupable;
Ouvrez, pour m'engloutir, un abîme effroyable ;
Si la terre, à mes pieds, se ferme avec horreur,
Lancez la foudre, ô dieux! et frappez dans mon cœur.
Mais que veux-je du ciel? Quoi! l'épouse d'Alcide
Demande le trépas, tremble et paraît timide!
Ah! lorsque d'un héros j'ai terminé le sort,
Je puis bien sans horreur envisager la mort.
J'ose implorer les dieux sans cacher ma victime ;
Ai-je donc oublié tout, excepté le crime?
Mon époux va périr, et qui donc le suivra?
J'ai tué mon époux, qui donc le vengera?

HERCULE

Arrête! Que dis-tu?

DÉJANIRE

Quand il cesse de vivre,
Je résiste aux assauts que la douleur me livre?
Pour le venger, mon bras est encor arrêté!
A-t-il, pour l'immoler, si longtemps hésité?

HERCULE

Des plus cruels forfaits vengeance trop sanglante!

DÉJANIRE

Non, je dois les punir.

HERCULE

Ta rage les augmente.
Dieux! quel affreux projet? Je quitte nos enfants ;
Ah! reste au moins près d'eux, soutiens leurs jeunes ans.

DÉJANIRE

Qui? moi! remplir encor les devoirs d'une mère!
Mes fils embrasseraient l'assassin de leur père !
Apprenant à m'aimer, ils devront te haïr;
S'ils t'aiment, pourront-ils me croire et m'obéir?
Viendront-ils, me peignant les traits de ma victime,
Respirer dans mes bras et ta mort et mon crime?
Que sert d'être innocent si le crime est heureux?
Moi, j'oserais, bravant la présence des dieux,
Couverte de ton sang, guider mes fils au temple?
Je peux des forfaits seuls leur enseigner l'exemple.
Je les verrais frémir avec horreur de moi,
Et me cacher les pleurs qu'ils répandraient pour toi.
Je les verrais, hélas! pleins d'amour pour leur père,
Lire toujours sa mort sur le front de leur mère,

Et peut-être craignant de semblables destins,
Soupçonner tous les dons qui viendraient de mes mains!
Non, la fin de mes jours n'est point un sacrifice,
Quand je dois supporter cette lente justice.
J'ai honte d'exister, et mon dernier espoir
Est de me délivrer de l'horreur de me voir.

(Elle se frappe.)

SCÈNE VII ET DERNIÈRE

DÉJANIRE, HERCULE, PHILOCTÈTE

PHILOCTÈTE

Dieux!

HERCULE

Oui, viens, sois témoin de cette mort horrible.

DÉJANIRE

Ah! daignez m'épargner. Que je meure paisible!
Respectez mes malheurs à mon dernier moment.
Mon cœur, toujours trompé, fut toujours innocent.

HERCULE

Pourquoi souiller le jour que ton époux respire?
Tu le frappes encore au moment qu'il expire.
Tu devais m'épargner cet attentat nouveau.
Ton époux, sans regret, descendait au tombeau.

DÉJANIRE

Ah! ne déchire point ce cœur qui t'aime encore;
Même en t'assassinant Déjanire t'adore.
Ne me reproche point d'avoir tranché tes jours.
Nessus m'avait promis d'éternelles amours.
J'aimais trop, et je meurs de mon amour victime;
Hercule, j'aimais trop; ah! ce fut mon seul crime,
Hercule!

(Elle expire.)

HERCULE

Je te suis, le jour s'éteint pour moi.
Philoctète, la mort vient m'arracher à toi.
Prends cet arc, aux guerriers tu serviras de guide,
Et du monde opprimé sois le second Alcide.

(Il meurt.)

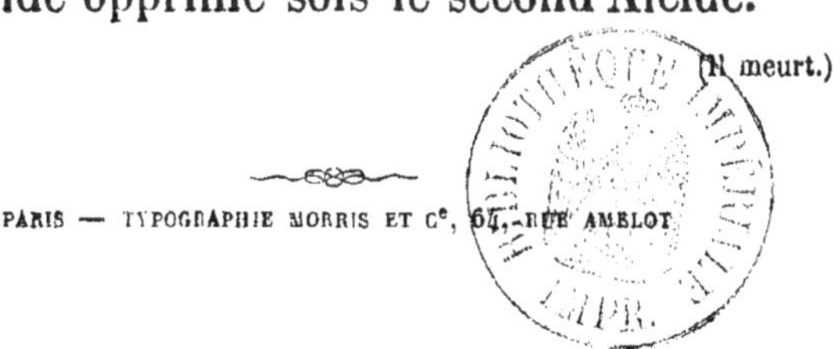

PARIS — TYPOGRAPHIE MORRIS ET Cᵉ, 64, RUE AMELOT

www.ingramcontent.com/pod-product-compliance
Ingram Content Group UK Ltd.
Pitfield, Milton Keynes, MK11 3LW, UK
UKHW021822190726
13853UKWH00003B/1130